歴地誌

― 森羅万象の真理 ―

織部浩道
Oribe Hiromichi

歴地誌―森羅万象の真理―

目　次

世界ってどんなん…………………………………… 5

初めての意識………………………………………… 7

自由の中で………………………………………… 12

なくしたもの……………………………………… 17

この世は奇跡だ…………………………………… 21

人の為になる……………………………………… 23

涙…………………………………………………… 25

今だ………………………………………………… 26

時代………………………………………………… 28

古代………………………………………………… 29

未来………………………………………………… 31

気功………………………………………………… 33

少女………………………………………………… 34

３は偶数…………………………………………… 36

巨石文明…………………………………………… 39

現代文明…………………………………………… 40

空…………………………………………………… 41

バルセロナ………………………………………… 42

砂漠の水…………………………………………… 43

我眉山……………………………………………… 44

太陽の帝国	45
オリオン	47
ヌンの中で	50
雑感	54
美人画	56
パキスタン	58
世界	59
古里Ⅰ	61
古里Ⅱ	62
人生	63
古里Ⅲ	65
古里Ⅳ	65
アンコール・ワット	66
サイパン	67
シルクロード	68
2017．7．25	71
ドバイ	71
フィリピン	72
インドネシア	74
京都	74
岐阜	75
古里Ⅴ	76
病院生活について	77

来世について	79
仏教について	81
神について	82
歴史と人間	84
地理と人間	85
どこへ行くのか？	86
2017．8．2	88
道	89
森羅万象のさまよい	90
リスク	91
大切なこと	92
風	94
雪	95
光	96
おわりに	97

世界ってどんなん

　　　　　　　　　　　　　　　　2016. 2. 23

　青空と雲がまっぷたつに分かれて、春間近の大地が息吹を感じさせる。生命のめざめ、はぐくみなど人をめざめさせる希望である。

　今、まさにあるのは神様の与えた至福の時である。自分は何もしなくてもすむし、長い休みを頂いたかのようだ。もちろん、宿題も与えられていない。すべては自由だといってもいい。但し、生活をしていかないとめちゃくちゃになる。あたり前のことをしていればいいわけだ。

―――

　長い間、固定観念があった。こうしなければいけない、ああしなければいけない、これだけの課題をこなさないと、目標に辿り着けないとか。

　子どもの頃、母親から食事をもらうのがあたり前で、小遣いをもらって、言われたことをやるようにした。子どもと大人というか、大人になるためには父母の言うことを聞いて、やっていかなければいけない、と思っていた。

　近所の人たちをなんとなく紹介されて、可愛がっている間に、ちょっと横着な自分がでてきた。このくらいのことをしても、大人は怒らないだろう、こうすれば誉められるだろう、なんとなく家のまわりをみているうちに、あそこに誰がいて、あそこがそうなっている、ということがわ

かった。
「大きくなったら、何になるの？」とか聞かれて、何もわからずに、
「パイロットになりたい」とか適当なことを言っていた。
　視力がよくて、ファントムやロッキードに乗っている人の顔もわかったので、なんとなく面白そうな乗り物だと思っていた。

——

　夜になると暗くなる。
　非常に、こわい時間帯だった。
　明るいお陽様が沈んでしまう。
　父親が帰ってきて、なんとなく機嫌が悪く、叱られる。こわくて、みんなの中にいてトイレへ行けない。眠る時、電気を消されると、もう目を閉じて何も見えないようにとか、祈っていた。
　星が輝いている時は別で、キラキラと美しい世界だなと、吸い込まれるようだった。あれが一等星、二等星、三等星などと教えてもらって、あれが北極星で、オリオンがあれで、カシオペアで、ペルセウスとかみんな話していた。不思議な世界で、あたり前のようなことが創られていて、母とか、父の中にある世界のようだった。その中で友だちなんかができて、大きくなっていった。
　不思議な世界を知るために、少しずつ冒険をしたりし

て、世界を広げていった。家の窓から金華山が見えるくらいだったから、まだ何もない高度成長前の世界だ。

　3歳頃、近所の友だちのおばさんに卵をもらうようになった。鶏の卵で、そこの鶏が朝一番にコケコッコと鳴いた。

　まわりは荒れた土地が草ぼうぼうになっていて、食べ物もなかったから、食べ物をここで作ったらいいのに、ということを喋っていた。食べ物は、あまりないらしく、前日、今日はこれだけだからだといって、「ありがとう」といって、食べていた。小さかったから、少しでよかったわけだが、貧しい社会だった。

　もちろん、おじいちゃんの所へ行くと、お祭りや、おみこしをやっていたし、幸せだった。おいしいものをくれて、可愛がってくれるし、近所のお兄ちゃんやお姉ちゃんまで遊んでくれて言うことがなかった。田舎の山や川へ行くのが好きで、そこで何かを探していた。子どもの冒険というか、そういうものだった。

初めての意識

　2年保育で幼稚園へ行くが、ほとんど男の子とふざけあっていて、女の子たちを遠くに見ていた。なんか、可愛

い子だなと思っていて、男の子とケンカしたり、小学生の時にはなんかきれいな子たちがいて、その中でも可愛い子から
「あんた、可愛い子やねえ」といわれて、びっくりした。
　不思議というか、あんな可愛い姉ちゃんに可愛いって言われるなんて、と夢みたいな感じだった。
　しかし、そんなに意識はしていなかった。男同士で、ふざけ合って面白がっていた。その頃に、何故か快楽を覚えてしまった。そして、だんだん興味がわいてくる。あれは、何で、どうなんだ。年頃のお姉さんのおっぱいに手を伸ばしてみる。
「この、いたずら小僧」と言ってだいぶ叱られた。不思議と初めての体験だった。

―――

　このクラスで一番になったら、一番キレイな人と一緒になれる？　こういう疑問が持ち上がって少しずつ勉強する。一番の成績やったら、一番キレイな子と一緒になれる。その夢を20代まで持って成長した。早い段階で、いわゆる実験台にされていたので、いつが初めてかわからへん。
　その頃、女子たちは宇宙人との体験を話していた。何となく男子には内緒で深い話だった。
「宇宙人は、現実に攻めてきているの」ある少女が言っていた。

オトコも、UFOとかに関心があってそんな番組も見ていた。オトコから見ると、女が異星人で、どう見ても違うというか……

――

　オンナのカーブとオトコのカーブで、何となく美しいのがオンナのカーブで、オトコのはやぼったいというか？
　異星人たちとの交流が始まる。
　受験勉強が済んで、一段落した時、ビリー・マイヤーの話を聞いた。よくわからない話で、わからないまま彼と握手した。そして近くの教会へ行くようになった。自分には不思議な組織であまりわからなかった。
　クリスマスの時、下宿の前でみんなが聖歌を歌ったのが、なんかショッキングだった。ただ、子どもの時、イエス・キリストのキング・オブ・キングスを見ていたので、そういう不思議なこともあるのかと半信半疑で思っていた。大学、大学院を出ると、父が亡くなったので父の経営を兄と継ぐことになった。事務の仕事ではあるが、この頃から異変が起きる。
　急に、天と地が逆転したかのような体験をした。信じられない出来事があり、いつもの経済コーナーから、宗教のコーナーへ行く。
　初めて「守護霊問答」―― 丹波哲郎に出会う。死後の世界や霊の世界の話が載っている。私は、宗教書や哲学書

をたくさん読み、来世研究会、神智学協会へ入る。

———

　霊能者と共に、滝行なども行なう。この世の常識と異なるさまざまな神秘的な本を読み、ヨガや禅にひかれる。内観道場で修業した後、インドへと旅立つ。自分の中のどうしようもない思いが、運命を変えていく。中国、パキスタン、インドで遺跡やアシュラムを巡って写真を撮って見学する。

　私はポンペイで買い物をしすぎた結果、持ち金が少なくなっていった。帰りの切符はなんとか買うことができたが、道に迷ってしまった。不覚にも日本に帰れない、日付も、時刻もわからない。頭が混乱して事故に遭う。

———

　なんとかパスポートを持っていたことにより、日本へ帰ってこられた。しかし、病院だ。しばらくして、一生歩けないことが言われた。今まで自由だった体が半分自由じゃない。このことに凄く落ち込んだ。

　仕事もできない、女性にもてない、動けない、この問題を背負い、頭を抱えていた、小さな自分。

　生きる気力もないぐらい弱い自分、鉛筆を持つ力もなく、小さな名前を書いた。しっかりした計画を立てなかったことは未だに後悔している。

「2001年宇宙の旅」アーサー・C・クラーク、この本がリ

ハビリの本だった。内容がわからなかったので、リハビリの先生と一緒に読んで練習をした。頭のトレーニングをして、その後、肉体的なリハビリへと移った。少しずつのことが、少しずつできるようになっていった。ただし、コルセットをしていたのでそれが嫌だった。病院の中がバリアフリーだったので大きな自分の世界だった。病院内で一年過ごす。カウンセラーの人の協力もあって、飛行機で名古屋に帰り岐阜の病院に移る。

———

「リハビリがお前の仕事だ」兄がそう言った。
　とりあえずリハビリをして、なんとかしなければ、そのことで毎日が過ぎて、社会復帰して、頭の中では昔と同じ仕事ができたが、肉体的にどうしようもない限界を感じた。

———

　彼女ができない。子どもができないということをいうと、お見合いで断られた。それでもいい方だったが、当分、結婚は無理だといろいろな人に言われた。
　チャネリングで有名なウォイスのセミナーを聞きに行く。ここで出会いがあった。いわゆる精神世界の人が自分を理解してくれた。
　２、３年経つと、サイババ・ツアーを企画すると、山下さんが言われた。奇跡が起きるかもしれない。私は思い

きって一人でこのツアーに申し込んだ。

　プッタパルティのアシュラムでの宿泊だが、自分でできないこともあった。旅行の最中、たくさんのボランティアの人が私を助けてくれた。私は大きな自信を取り戻した。私の舞台はもう一度この地球の大地となった。

自由の中で

2016. 2. 27

　私は宇宙の中の誘惑にひたり、自由を取り戻していった。不自由の中で自分の思いは自由だったし、思想、空想はどんなことでもよかった。たとえ現実でかなわなくても、いつかはなんとかなる、そういう思いで生きてきた。

　ボリュームを上げて音楽を聴き、文章を書く、ずぶぬれになって、べたんこになりながら、車イスで突進する。雨の中で煙草を吸い、雨の表情を知る。パンをかじりながら中高生の夢を描く。幼い少年時代と同じように、宇宙の不思議にロマンを馳せ、きらめく星々に物語を知る。

　あの赤い一番星は宵の明星、金星だよと、昔、聞いた。火星か金星かは知らないが、遥か彼方で、光のパルスを送っているのだろう。そして、真上には三日月が輝いている。シンドバッドのような夢をもって、かけてきた人生。

　太平洋の向こうには、何があるのか？　海のトリトンを

見ながら、アトランティスの夢に目を輝かせた。ポセイドン、レムリア、ムー、古代の幻が広がり、世界を色づけている。

エジプトのピラミッドは今もあるという、私はそれを見たことがない。ヒマラヤの屋根は、世界の中に聳え立つという。私は知らない。

そして、昔読んだ一冊の本に辿りつく。古来、中央アジアを数々の冒険者が探検したという、タクラマカン砂漠とテンシャン山脈が聳えるシルクロード。シルクロードの民がいて、喜多郎の音楽が流れる。

眠れる大陸、中国の中で生き続いているウルムチへの鉄道。寝台特急には、硬座と軟座があり、漢民族が往来している。少数民族があちこちに住み、あでやかな衣装を身に着けている。馬や、ロバや牛、羊などがいて、果実がある。

フルーツを目かたで測りながら5マオ出すと、店の主人は満足そうな顔をした。メロンかスイカかわからないような果実を食いながら、シシカバブという羊の肉をかじる。

はるか彼方にカヤックというロシア系中国人がいて馬に乗っている。遊牧民族だといい、パオで移動生活をしている。羊を束ねて犬が走り、馬に乗る。草原をしがみつきながら駈け、振り落とされないようにする。

ウルムチの向こうにはカシュガル、ススト、パミール高原と連なっている。カシュガルでは、大きなバザールが

あって交易が行われている。バリカンを持った床屋があり、散髪をしている。衣装やカーペット、刃物や陶器いろいろなものを売っている。

　ヨーロッパまで続いている鉄道やバスが中国にはあるという。南と北に二つはあるようだ。中央アジアまで行くと、何故かヨーロッパとの時差があまりないという、時計は北京の時刻だが、実際にはあまり時差はないという。

　私の古い記憶では、この中央アジアに隠れた幻の都市シャンバラがあったというものだ。

　シャンバラは、地下に埋まってしまったが、昔は黄金の都市が地上にあったが、いずこかに姿を消したというものだ。ボン教の中に出てくるシャンバラ、バルドゥトゥドルの中にもあるという。

　そこに、ロシアの探検家レーリッヒが辿り着いたといい、フランスやイタリアの冒険家がそれを誉めた。

　シャンバラは、あの世に行くための通過点で、悟りを開くと、宇宙へと飛んでいくという。アジーナチャクラやクラウンチャクラなどがあり、クンダリニーが求めると宇宙意識まで高める行もあるという。

　ブッダも涅槃の中で、無意識状態であの世のことを書いている。それは色界とは異なり、肉体から離れている状態である。

　色即是空、空即是色などと言われたブッダは、(BC566

～486)で、その思想の原点には、ジャイナ教、バラモン教、ヒンドゥー教が出て、リグ・ヴェーダはBC1500年頃バラモン達に広がった聖典で、カイバル峠を通ってやってきたアーリア民族と関係しているようだ。

　つまり、ハラッパー、モヘンジョダロのインダス文明、さらに前のシュメール文明、エジプト文明と関連がある。ギリシャ、ローマともつながっていて、数々の人々が往来していたのだろう。

　聖典は、ギリシャ語で書かれていると聞いたことがあるが、ギリシャ神話との関係はどうだったのだろう。モーゼの出エジプトはBC13Cであり、BC８Cぐらいにギリシャのオリンピア（BC776）がポリスの祭典として始まったという。

　私は、冨田勲のダフニスとクロエの「亡き王女のためのパヴァーヌ」をきいている。

　パゴタの女王、レトロネットを慰める音楽らしいが、王女との哀悼の意が込められていて美しい。

　宇宙を舞台にした音楽が不思議に鳴り響き幻想へといざなう。汗と涙の中に、壮大な物語が繰り広げられて永遠に続いている。この広大な宇宙に神々を祀るシャーマニズムがあり、太陽や星々をあがめた。

　狂気と乱舞、狂おしいほどの愛情が宇宙にはある。宇宙は、狂おしい神の愛によって出来あがったのではないか？

愛のしずくが地球であり、オリオンである。

　神秘的に星々は輝き雄弁に語る。色々なことは、何かに出会い、心奪われることにより始まる。

　宇宙の美しさ、女性の美しさ、こちらも神秘的ですが一つの宇宙のように女性たちが生きている。彼女たちの動作、しぐさなどが世界観を変える。

　人の心というものは複雑だが、あることで急にその人の心に触れた時、その中に、すっぽり包まれるようなことがある。宇宙のような大きな愛に包まれた時、女性の美しさを知る。何でもないことには、案外冷ややかである。

　私は、女性に引き込まれて宇宙の中へ入っていく、そういう意味では彼女たちにはブラックホールのようなものがある。そのことで思い煩ったり、憧れたりすることもしばしばである。

　長い間、結婚できなかった。自分の中で、結婚というものがよくわかっていなくて、理想みたいなもので女性がわからないことがあった。人間と人間なんだけど、男と女には多少考え方の違いがある。ある意味で、男性が得意にしていることが全く受けなかったり、その逆の場合もある。女性には、母性愛もあるから、少し男性の子どもっぽいところも受け入れてくれる。男性は、女性を子どものように思っていると大まちがいである。

　恋愛と結婚とがあるが、非常にこの点はむつかしい。縁

がある場合とない場合では、結末が異なってしまう。女性の美しさだけに憧れるなら、恋愛でいいかもしれない。

なくしたもの

2016. 2. 27

　ニコライ・レーリッヒは、ヒマラヤからUFOが飛ぶのを目撃したことについて記述している。

　UFO自体は、昔から、旧ソビエト連邦でも研究されていた。地底都市のものだという。ここで、失われた大陸アガルタというものが地底都市として存在する可能性をました。その首都がシャンバラだという。シャンバラには、アトランティスの住人がいて、アトランティスの秘密が保存されているという。

　アトランティスは、プラトンが記述しており、首都はテラであるといっている。そして、レムリアについてブラヴァッキー、シュタイナーがいっているように、シャンバラ、テラ、レムリアは、同時代に繁栄していて地上にあったが姿を消した。だから、高度な文明をもち、クリスタル文明やUFOを造ることができた。これらは地下道で結びついているともいわれる。

　これらの事実は、1000年以上言及されており、ただのでっち上げではない。イエスやブッダとも関係があり、最

高機密だ。

　私は以前、内観道場で修業したことがある。朝の集会で宇佐美導師が悟りについて話をして下さった。惑星がぐるぐる回っていて、突然別の惑星とぶつかる。その時にバカンと爆発し、一種の悟りを得る。その時、小さな爆発があった。異次元世界へ飛ばされるような感覚である。

　古代から宗教は、悟りを求めてきた。これは、宇宙への投影であり、内部と宇宙を求めたのである。

　自分の内なる宇宙と外なる宇宙は、一体である。なぜなら、我々は宇宙の一部だから、それが梵我一如であって、なくなった大陸にしても、文明にしても、不思議な話だがなくなりながら残っている。

　アメリカ、ソ連、中国は、既に宇宙時代に入った。UFOというと、古いかもしれない。意識的な話をすれば、エーテル意識、ブッディ体とでもいうべきものである。我々は、肉体意識から成長していっている。

　世界ではインターネットを造りあげたが、これは、アカシックレコードの一部であるという。

　個々人の経験がこの中に詰まっている。個々人の人生の記憶がアカシックレコードなのである。これについては、エドガーケイシーのリーディングという方法で説明しているのがわかりやすい。

　エーテル体は、霊体ともいうべきもので、ブッディ体は、

魂体である。つまり、肉体意識を離れた宇宙意識に近いものである。だから、個人意識というよりは集団意識である。いいものも、悪いものも詰まっている。これがカルマを造っている。カルマ（因果）をつぐなわなければよいカルマは生まれない。因果応報の約束である。

　私は事故により、車イス生活になった。下半身の自由をなくしたわけだ。しかし、私の中では、少しずつ同じ意識が高まってくる。昔の自分以上に動きたい。車イスでも、車でも自由に扱って昔よりも自由になる。そういうトレーニングをしている。一般的にはリハビリという。たとえば、頭がボケても訓練することによって、ボケから回復できる。若々しくいたい、これは、錬金術でもあった。若さを保つ。トレーニングによって若いままでいる。これは、科学的にも可能である。

——

　なんで宇宙にそんなに憧れるのか？　人間は昔、もっと自由に暮らしていたという説がある。もっと自由に空を飛んだり、いろんなことができた。それが、地球という惑星の重力によってなくしたため、人間はもう一度天国みたいなところで自由に暮らせるよう宇宙に憧れている。一種の人生という修業なのである。これを超えれば、超人になる。そのための行が宗教である。

　来世研究、——今世の失敗を繰り返さない、新しい自分

になる。自分の悪いカルマを減らすよう努力する。善行（徳）を積めば、徳をますことになる。悪いカルマを反省し、徳を積む、なくしたものであってもなくならない。どこかで存在するのだ。それを修復する。新しい車（ボディ）に造りかえるのだ。自分の意識を変えれば世界は変わる。そう言われたことがある。

　世界を変えることは大変だ。自分が変わればいいんだ。なくしたものは戻らないと思うより、なくしたものに代わるものをもてばいいんだという考えに変わった。

　シャンバラは、地図上から消えたかもしれない。しかし、その物語は、未来へと続くだろう。シャンバラは、また地上に姿を現すという、アトランティスもムーもである。そのことは本当だろう。いつか地球の大切な機密機関が役割を取り戻す。それは、地球に内部変動があるからで、仏教的にはアルマゲドンとかハルマゲドンというようだ。地球が昔の地球に戻る。それは、美しいことかもしれない。古代文明が甦る。現代文明が吸収されていく、または封印される日が来る。我々はその時、それぞれの古里に戻るだろう。

この世は奇跡だ

2016. 2. 27

　この世の中は奇跡の連続である。生きていること、生かされていることを感じ、喜びをつかむべきだ。

　夢ではなく、現実に夢をつかむ、このことが生きることだ。

　生きる実感——　いい音楽を聴く、いい仕事をする、いい運動をする、健康を保つ。

　私は、健康ではないが、そのことを今、目標としている。健康を取り戻し、力を取り戻す。具体的には運動、体操であるが、これを生活に取り入れる。

　世の中ではアセッションのことが言われて久しいが、いろんな所で意識革命が起きる。これは、天体の周期に関わっているらしく、地球は次元上昇するという。その時、人間の意識は、格段に上昇するという。現実的には何でもいい、数学でも、料理でも、スポーツでもいい。自分を高めるきっかけになる。

　ある事を続けてやっていると、別の目標ができる。最初は学校に合格する目標であっても、違う目標に変わったりする。一回り上の自分になる。今まで、ひとつの殻にこもっていたとしても、ひよこになるように、卵の殻を壊すのだ。自分が思っているよりも大きな世界、それが待っているかもしれない。

個人的なことでもいい、健康に目標が向いた時に、体を大切にできる。体に時間を使える。
　お金がある時は、好きなことを実現させる。なくしても、大切なものはつかめるが、思いきって自分の夢に使った方がいい、本とか音楽はチャンスだ。
　本や音楽に触れると、別の自分が目覚める。道具に出会うきっかけになったら、宝に出会うかもしれない。
　自分を輝かせることで、自分を温める。精神年齢はころころ変わる。年を取ったり、若返ったりとさまざまだ。旅行でもしたいと思う。しかし、金がないといけない。中年、以外なことで金が出ていくので、貯める工夫が必要だ。無理をしなくてもいい、月一万円でも貯金できれば、旅行ができる。
　ということで、計画的にやらなければいけない。行き当たりばったりだと破れかぶれになる。自分がどうであっても、その時できることを冷静に行なう。いつも大きな波に乗れるわけではない。好機を窺う。その時の波に乗れば、好調に物事が運ぶ。奇跡が現実になることもある。忍耐が必要だ。
　なんでもしてもいいということではない。ただし、思想、言論は自由だ。だが、名誉棄損や侮辱罪はある。自分だけの世界ならある程度自由でいい、キャンバスの上なら、めちゃくちゃに画いてもいい。無茶苦茶な服装をして

もいいはずだ。

　表現は、自由でいいはずだ。人に迷惑を掛けなければいい。楽しむということは、自分のやりたいことをやって達成することだ。ただし、人の迷惑になってはいけない。相手も同意すれば、そのことは認められるだろう。極端なことをしてはいけない。ある程度のルールはあるのだ。ルールのないゲームとは、あくまでゲームのことを言っており、その上ならルールがなくてもいい。

　公営ギャンブルがゲームだとしたら、それにどう賭けようが自由だ。賢い数学者が確率で宝くじを当てているというが、仕方ないだろう。頭のいい人間は、数学でビジネスになるという。

　凡人は、おおよそ常識的なことで人生をやり遂げる。ある意味では楽かもしれない。非凡であることは、異常扱いにされて不利に働くこともある。

　障害があると、やっぱり働けないのが普通で、雇ってくれない。

人の為になる

2016.2.28

　もうすぐ57歳になる。なんか56歳から急にカーブを廻るようだ。この先に、いい人生が待っているかどうかであ

る。私利私欲ではいけない。人の為になることをすべきだ。

　善因善果、徳を積む、人の為になって世の中をよくしなければいけない。社会を見つめて、正しい方向を見極めて間違わないように行動しなければいけない。一歩間違えば、戦争や悲惨な事件が待っている。

　平和の中で、ユートピアを築かなければいけない。豊かな生活、豊かな人生、そういったものには、ゆとりが必要である。時間をつくる、お金をつくる。家族を大切にする。人にやさしくする。大きな愛を持ち、社会に接する。小さな夢よりも大きな夢の実現のために生きていこうではないか。

　トマス・モアのユートピアは冒険の中にあった。しかし、現実社会でその夢を実現することができる。

　「ゆりかごから墓場まで」イギリスで使われる福祉用語であって、誰もが安心して生活できる社会、決して高負担ではなく、それぞれの立場で社会を支えていける国家、いろんな人がいろんな事で役立ち、みんなで造る社会。

　教育すべきことは、教え、学ぶことは学業モラルを重視しなければいけない。

涙

2016. 3. 2

　私は、今日、涙が止まらない。

　自分の本ができ上がったのに、どこにも価格が表示されていないのだ。

　最初に出版した光の数珠、2000年の月、持った感じも文字の大きさもちょうどだ。著者として、こんなにうれしいことはない。私が思った通りの本がAmazonから文芸社の新装版としてでき上がった。

　30歳の時、私は人生の道をなくした。八方ふさがりだった。

　この間、同窓会で「お前、崖っぷちを這いつくばって、登って来たな」と言われた。私は、どん底から遥か天を目指して這い上がってきた。私に向けられたのは、母の愛だった。母が、私の傷を癒してくれた。そして、妻が私を支えてくれた。

　私はここまで来られました。ありがとう。

――

　私は最初、階段の向こうの喫茶店を眺めて呆然としていた。何度も通った店じゃないか。肩を落として車で方々さまよった。意外にもスーパーに障害者マークの駐車場を見つけた。イトーヨーカドーだ。私はカートを見ていけると思った。喜んで栄進堂、CDショップ、食堂などを回った。

一日そこで生活すると、そこへ通うのが日課となる。

　バリアフリー、意識改革の話が持ち上がり、実践していった。鉄道、船、飛行機を乗るごとにみんなわかってくれた。特に、名鉄とJRは非常に良く理解してくれている。

今だ

2016. 3. 3

　ぎこちなくペダルを踏んでいる。

　遠くの方を見詰めながら、うなっている風の音を聞く。

　ウォーン、ウォーン

　スパークする前のように、空回りしている。人生本番だな、もう自分と自分で勝負だ。何をして、何ができる。

　２局目の序盤戦は、いい石を打った。最終的に地所が取れるかどうか、チャンスはいろいろある。商売にしても、ラーメン屋にするか、食堂にするか、フルーツショップにするか？　金はない。金は貯金が原資だが、旅行に行くか、ビジネスに使うか？　もう一回勉強することも考えて、何かに目をつける。目のつけ所が肝心だ。

　ピンと来たのが運命だ。それをとっ掴まえればチャンスが来る。

　いや、畑だからそろそろ種まきをしてもいいんだけど、一応、トマトとナスビ、エンドウは植えておいた。キュウ

リやナスビは収穫でき、メロンやカボチャまでいっている。

　耕運機に乗りたい。久々に釣りにでも行ってみるか？車イスで海釣りも何度かしたよ。あんまり大きいのは掛からなかったけど、深海から釣り上げたときは満足だった。まあ、ボートが揺れて、車イスから落ちたけどね。ライフジャケットぐらいは着ている。これでも、小型船舶の免許を持っているんです。

　旅行といえば無謀なようですが、また、冒険したいんです。同じコースでもいいんですが、人生、資金繰りがむつかしいですね。

　競馬、競輪と当たってますよ。株は今のところやめています。

　読書はしていますよ。ここにはヒントやアイディアがありますよ。感動するのもいいんですけど、何か生かせることがあればありがたいと思うでしょ。

　たとえば、編み物をやって、男性にプレゼントすると、物凄く喜びますよ。私、バレンタインデーに手編みの手袋を貰ったんだけど、今も大切にしています。画期的なものは、ひらめきとともに起こる。

　人生も、偶然も、全てがチャンスだ。

　アンバランスの中にバランスがあり、バランスの中に揺らぎがある。思った通りにすませる。思ったまんまがいい。

オレはオレだという道を見つける。それは自分が自ずからわかる。自分がわかるとその道へ入っていく。自分がわからないうちは道に迷っている。
　まあ、人生だから年を重ねているうちに自己ベストは変わるだろう。自己ベストを塗り変えていけばオリンピックのチャンピオンじゃないか？
　バドミントンに賭ける人生もある。

時代

2017. 3. 14

　時代は変わっていく。
　初音ミクが現われたことにより、宮沢賢治のイーハトーブができた。冨田勲氏のシンセサイザーにより、ビジョンが明確になった。そして、私も初音ミクのフィギュアを買う。昔なら、人形なんだろうけど、３Ｄフィギュアだ。そして、アンドロイドを買う。まさしくドール時代である。
　私は絵の研究をしてきた。シャガール、ミロ、モネ、ピカソ、ゴッホ、ダリ、ミレーなどである。絵というものは、もともとペンキ塗りだと思う。中世ルネサンスにミケランジェロやダヴィンチが宗教画を描いた。もちろん、レンブラントなどにより、肖像画もかかれた。
　ラスコーの壁画やエジプトの死者の書もあるが、神様を

祀る儀式でもある。太陽神ラーが舟に乗って地球を航海する。それをあがめる。

ラスコーの動物たちは、生贄として、または、崇拝する動物として描かれている。ダリは天才だということがわかる。スターウォーズの場面でも重なるが、天才である。

私の誘惑の星も、シャンバラとかアトランティス、オリオンという秘話をもとにして構成されている。でっち上げのようだが、シャンバラから宇宙船が飛ぶのを見た人もいるという。

アトランティスやオリオンには、さまざまな物語がある。

古代

2017. 3. 29

シャンバラから古代宇宙船が行き来したのは、事実のようだ。ギリシャのルキアノスはアポロ神に反重力があったといっている。空中に上がった、このことから反重力というものがあり、クフ王のピラミッドなんかも反重力でできたとされる。

レーニッヒは、1925年インドのダージリンから出発してヒマラヤ山脈を越えて、チベット高原を超えて、崑崙山脈に入り、オリオンの隕石に出会う。

プラトンは、アトランティスは、1万2千年前に水没したことをエジプトのニーイスの神官から聞いている（古代史の謎／アンドルー・トマス、角川文庫）

　古代の神々が天からやってきたという説は、地球の方々にある。

　高天が原といい、ナスカの地上絵といい、全てが宇宙と関係していて、地球と宇宙との行き来を物語っている。

　近年、宇宙ステーションができて宇宙時代に入ったが、古代もやはり宇宙と関係していた。地球自体は、丸いというよりもでこぼこである。

　バックミンスター・フラーが言ったように、地球は、極地が盛り上がって山のようになっているかもしれない。これは、飛行機で飛んでいるとどうしても陸の高さが各地で違うからだ。

　ロシアがものすごくでかいことから「地球は丸い」というのは違うかもしれない。果てしなく長いのかもしれない。コークリッド幾何学の中に宇宙はあって、繋がっている。

　キリストは若い頃ヒマラヤへ行き、ブッダもそこで修業した。モーゼやキリストのヒマラヤ旅行というのは、本当の話で高度な文明がそこにあったようだ。

　シャンバラ、アトランティスのテラ、この間で行き来がされていた。これも当然ではないか？

古代人は鳥のような姿をしていた。壁画に鳥人間のようなものが見られるが、古代人の姿かもしれない。

　反重力と宇宙の関係は、ニュートンが万有引力の法則によって証明されたとおり、万物の引力により、反動が生まれて、地球が浮いている。エーテルの宇宙の中に地球が浮いている。

　銀河が流れている。宇宙船はある種、雲海から何かに乗って飛んでいた。

　光エネルギーといえば、そうかもしれない。光は無限に変化して、形を変える。プリズム現象により、色が変わり七色になる。

　光に気づくと宇宙との距離に近づく。

未来

2017. 3. 30

　中央アジアのシャンバラは、崑崙山脈の地下に眠っている。しかし、未来仏（マイトレーヤ）の頃には地上と出現するだろう。そして、さまざまな宇宙と交流するだろう。ここに、一つの誘惑の星へのきっかけがあった。どうすれば、シャンバラを呼び起こすことができるか？

　一つには、ドップラー効果だった。たとえば、電車が近づく音と遠ざかる音とは違う。電波望遠鏡によると、遠ざ

かる星は、赤方偏移することとなる。これはワップルからの実験で示される。そこで、銀河系の軌道から地球が離れることにした。これで、シャンバラのコクピットが動くのである。そのスイッチを入れるのは、オリオンの女性だ。

シャンバラは、オリオンとの行き来もあったとされるので、不思議ではない。

オリオン星団が、あれだけ夜空で輝くということは、地球と相当関係しているということだ。アトランティスは、ソロンがエジプトの神官から聞いた出来事で、プラトンの「ティマイオス」と「クリティアス」で取り上げられている。

アトランティスも海底から地上に姿を現すといわれるが、それも不思議ではない。宇宙は、アカシックレコードの記憶を持っていて、それが、再生される。

女性たちはミュータントでサイコキネシスやテレキネシスを持ったという前提であった。確かに、現代ヒューマノイドやアンドロイドも活躍する時代で、人間の超能力的なものも不思議ではない。

チベットのラマ教のバルドトゥドルでは、「死者の書」として、黄泉の世界の解説がしてあるという。

ボン教から受け継いだものかもしれない。それは、一種の宇宙との交流記録かもしれない。色が複雑に変化して、どの色に惹かれるかでその人の運命が決まるという。天才画家ダリは、わけのわからない世界を画いている。それは、

スターウォーズのエピソードに似ている。

スターウォーズは、光と暗との戦いを描いているが、二元論的に言えば、光もしくは暗の一元論になるのは難しい。

気功

チーコンと中国の男性は発音したが、気プラーナというので、操ることができる。

体はオーラを放つとされる。それを高めていくと、たとえば、手が物に触れずに物を動かすことができる。相手をぶっ飛ばすこともできるのだ。私は、足立先生に気功でぶっ飛ばされたことがある。それまではあまり信じられなかった。しかし、手で触っているのでもなく、体が動かされる。

ヨガのメディテーションで、アジーナチャクラが聞けば、見ないものが見え、サハスラーラチャクラが開いて、クンダリーリがのぼれば、悟りが開けるという。

少女

2017. 4. 3

アダムはイヴに出会う。いつしか少年は、少女に気づく、少女は、少年を意識するようになり、不思議な国の中へ入っていく。禁断の地、そこへ踏み入れてはいけない、大人の目は、それを穢していく。

色がついた果実は美しく実り、たわわになっている。イチゴミックスを飲むと甘酸っぱいピンク色の果実をほおばると、ピクッとするところが可愛い。

迷宮のラビリンスをさまようように、少女の瞳の中をさまよう。行く当てもなく、声を掛けると、無言になって、駆け出した。

秘密の花園へ行くために、少女の手を取る。

彼女の陰りの中に憂鬱を知り、けだるい情事を知る。開いた花びらが黒く咲いて、オリーブオイルを垂らすのが絵になっていて、絵の具を塗りたくって、カラスの羽を画くのもいい。カラスは、唇を開いて咥えたままカァーカァーと鳴き、夜のとばりが下りる。

少女は、涙の果てに、大人になる。レディは、マナーを身につけていて、白い手でタイピングしていて、美しい指が伸びて、文字を写し出す。彼女は、ためらいながら文字をつづる。髪の毛が下がって瞳を妨げる。口元が閉まって瞳が輝いている。

何かが彼女に触れ、少女は乱れていく。

　エデンの国は開き、アダムがそこへ訪れる。禁断の果実を食べると、少女は真っ赤に染まり、悶えた。白い足がすらっと伸びて、心地よい香りがした。ああ、声が漏れて達した時にピンクの花々が咲き乱れ少女は美しくうっとりしていた。夢を見ているようなその顔に、喜びが満ちていて、その美しさにアダムは浸っていた。

　グラスにワインが満ちると、アダムも女性的になっていった。女の子のように美しくなっていって、イヴのようになっていった。

　アダムとイヴは重なりながら永遠の時間の中に生きた。

　イヴの瞳には未来が見えていた。命の木が育つようにイヴの果実がたわわになっていた。

　羊たちがメェーメェーといって鳴き、地球の上を人々が行ったり来たりしながら繁栄していった。時には、ナイルが氾濫し、隕石が落下することもあった。地球の磁場は変化していき、アトランティスやムーのように、海面から姿を消すもの、シャンバラのように地底に眠るものもあった。

3は偶数

2017. 4. 6

3は奇数じゃなく偶数だ。

1は、ひとつだけど、2は、ふたつである。2を偶数とみれば、3もそうではないか。

3は、3等分できるじゃないか？ 3が奇数か、偶数かでソクラテスは偶数だといった。

倍数という意味では3は倍数だ。だから偶数だと。

四角にしろ、三角にしろ、基本数である。三角が基本になって、ピラミッドはできている。山は三角で、海も三角だ。バックミンスター・フラーのいうように、地球の中央に山があるかもしれない。

海は三角を回すと丸くなり、$\tan \theta$、$\sin \theta$、$\cos \theta$ で求められて、三角形の辺の対比をとっていくと、$0 \to \infty$ まである。

　ティマイオスの中で、エジプト人は、ナイル川が何度も氾濫したことを述べている。アテネは昔、すごく強く、ギリシャに匹敵すると。

　アテネとエジプトの間には地中海があるが、そこに大きな島があった。アレクサンドリア大王やオクタビアヌス、クレオパトラのことをいっているのか？

　アレクサンダーは、エジプトにまで攻めていった。プトレマイオス朝は、クレオパトラの頃終わっていて、その時、アテネは強く、しかし、9000年も前のことになると、ノアの洪水のことをいっているのだろうか？　アララト山で見つかった箱舟、隕石の落下と洪水の可能性もある。しかし、エジプトの神官は何度もあったことで、歴史は繰り返されると言っている。古代から何度も何度もあった。アトランティスが海底に沈むようなことは何度もあったと言っている。

　エジプトとアトランティス、そして、シャンバラは結び付いている。

　古代エジプト、ナイル川とピラミッド、アウストラロピテクス450万年前、ネアンデルタール人、30万年前、その前は、チンパンジー、1500万年前、1万2000年前に、高度

な文明があり、その遥か前に文明が幾つもあった。アトランティス文明やムー大陸の前に世界は文明を持っていた。

　５万年前のクロマニヨン人にして、縄文生活を送っているということは、３〜４万年前にも高度な文明があったことになる。たとえそれが地底大陸になったとしても？

　地球外の星へ、たとえばオリオン星などに移住したアルクトゥルスなども地球と交流があるが、古代、変動期に地球を離れた古代人、古代人が地球へ飛来している。かつての古里を求めて、宇宙船がやってくる。これは、あたり前のことではないか？　現代でも木星や火星への移住記述はある。

　ナスカの地上絵やエジプトのピラミッドは、古代人が地球へ来るときの地図に利用した。地球の安全そうな所に目じるしを残し、地球へ帰って来る時のために残した。ティアラの宇宙船は地球へ帰って来る時の便だった。そこへ現われたのが早瀬進。

　ティアラは進を連れてオリオン星雲へ、そこは誘惑の星だった。

　科学館の人に問い合わせるとピンク色をしているという。そこで、オリオンが誘惑している感じが盛り上がった。空がピンク色にきらめいていて、女性の吐息のように色めいていて誘惑している。

　中央アジアを彷徨いながら、進は、古代インドへ行こう

とする。

—文明の交差点—

マントラ（真言）、古の教えを唱えるシャーマンは、シャンバラのコックピットにいた。シャンバラの離陸ボタンを押してしまった。

リグヴェーダ、アーユルヴェーダ、アタルヴァヴェーダ、数多くの秘伝があり、秘儀がある。

メディテーション

ゆっくり呼吸をして、自分の中へ入っていく。体を整えて、気を高める。神仏との出会いがある。

巨石文明

2017. 4. 13

クフ王のピラミッドには、王様が生まれ変わって星になるという話が象形文字で書かれているという。

オシリス（オリオン）へ行くという。

オリオン—ナスカ—エジプト、地球とには、色々な形があるが、やっぱり地球から宇宙へ行った古代人たちが地球へと回帰する時に、訪れる気がする。

エドガー・エバンス・ケイシーはアトランティスに関するリーディングをしている。アカシックレコードから読み取る能力だと思う。

アトランティスには、クリスタル文明があり、古代、巨石文明があったことは確かである。石が、宙に浮かぶかどうかは古代から議論があったみたいで、ピラミッドの遺跡やイースター島のアモイ象なんかと関係している。石に反動を加える。ある意味で、ニュートンの万有引力の法則が使われるが、地球や天体がどうして浮いているのか不思議である。

　重力であれ、引力であれ、反対の力で石を浮かせることができる？　たとえば、アルミニウムの一円玉は水に浮く。空気を風船に入れると、飛んで行く。水素とか入れると、飛行船のようになるらしい。インカやマチュピチュの巨石文明との関係、宇宙や宇宙船との関係があるかもしれない。

現代文明

2017. 4. 26

　現在、３Ｄプリンターが注目されている。人形、フィギュア、建物など。建物に至っては、ロシアで100万円でプリンターの家ができた。もはや、土地建物は下落し、新しい相場をつけるだろう。

　また、医療分野では著しい進歩がある。再生医学。

　ＥＳ細胞、ｉＰＳ細胞などによる組織の再生、神経の復

元など、人体が甦るかもしれない。また、ミクロの分野で血管カテーテルの手術。私もステントを心臓に入れることで、動脈硬化が治った。また、ガン細胞とたたかう細胞もあり、不治の病ではなくなった。

　宇宙分野でも、宇宙ステーションができ、各国の宇宙開発が進んでいる。

　都市開発は、リニア新幹線、ロボットコンピューター、アンドロイドなど新しい技術が出てきて過去の文明から見てもかなり高い文明にまできている。

　しかし、天変地異や戦争などによる恐怖もあり、今も昔も同じかもしれない。

　カーボン繊維、窒素繊維の車のボディや飛行機ボディ、空飛ぶ飛行(車)機の開発もされている。

空

2017. 5. 24

　天へと続く道がある。

　飛行機で空を飛んでいると、あちらこちらに空の上の国があるような気がする。本当に大陸が横たわっているようだ。空気中には、何もない。

　ところが、確信を持つことによってそこに確かなものができる。天へと続く階段のようなものがある。

つばめが空を飛ぶ時、風に乗る。つまり、風の上にピョンと跳ぶのだ。そして、風が一気に大空へと押し上げる。風の階段のようなもの。そこに降りると、そのまま天へと運んでいく。天空のラピュタのように。古代文明があったりする。
　地中海のラビリンスは、迷宮になっていて番人がいたという。ジャングルの中に、森があり、木々が天まで伸びている。天への梯子のように続いている。
　都会のビルがバビルの塔のように空へと続いている。人は、空に憧れている。

バルセロナ

　　　　　　　　　　　　　　　2017. 5. 25

　バルセロナの朝は輝いている。
　朝市にはフルーツ・ジュースが並び肉や野菜、オリーブの実などが並ぶ。
　スペイン語は英語から変形していて、少し慣れれば話せる感じだ。
　地中海は空の上から見ると、急に盛り上がっていて、落ちている感じで、冒険家たちが海に憧れたのがわかる。
　スペインは、A・ガウディの出現によって、ライバルたちと競って建築をしたところがある。グラナダ公園には、

ガウディの夢が詰まっていて、少年の夢のようなものが詰まっている。洞窟に憧れる不思議な空間、子どもが作ったような遊びがある。

　サクラダ・ファミリアは、建築中でどんどん大きくなっている。聖書の物語やイエスのことが建物に盛り込まれている。

　ドイツのケルン大聖堂に似ている。今も建築中のところが、この建物が生き続けている証だ。

　ピカソもガウディの後、誕生したということだ。美術館には、素晴らしい作品が並ぶ。

　古代は船の上に絵を画いていたのだろうか？

　宗教画が多い。朝市のフレッシュ・ジュースは、格別だ。

砂漠の水

2017. 5. 25

　バスはトルファンの町に向かっていた。突然、大雨に見舞われ、大丈夫かと思った。あっという間に水の塊ができ、あちらこちらを流れる。そして、川のようになって、砂漠の中を流れるのだ。そして、晴れると、砂の中になくなる。つまり、砂の中は水のたまり場なのだ。地底湖かもしれない。

　バスは、道なき道を進み、トルファンの町に着く。森に

囲まれ、泉があって、オアシスというのがわかる。

　赤レンガの干した建物があって、ロバ車の少年が、ホテルへ案内する。

　ビリヤードの得意な青年が銀色に輝く塩湖へと連れて行ってくれた。一面、鏡のようにシルバーに光っているのだ。そこから、ウルムチのバスへ乗って天池へ行く。

　翡翠色の湖があり、カザックが遊牧生活をしている。バター茶やラム肉は各別だ。馬で川を渡り、山へ登るのはおつなものだ。

　若い馬主の家族と一夜を過ごす。夜は、クエー、クエーといって羊が私の毛を食べようとして始まる。

我眉山

2017．5．25

　昆明から列車に乗ってオメイへ、オメイには雲南の石仏と我眉山の金頂がある。

　雲南の石仏は、川を渡ってみると、山の中に聳え、指の大きさが家ぐらいあって、爪が人の大きさぐらいある。

　150メートルぐらいあるだろうか？　仏教寺院みたいなのが各地にあり、仏様の曼荼羅が飾ってある。

　我眉山の頂上を金頂という。そこへは幾つかの道があり、バスでも行けるようになっている。4000メートルと、

富士山よりも高い。日本からは、昆虫博士が来たのが初めてということであった。

　オメイのマーラードーフ、マーボードーフは辛いが美味しい。このあたりの中華料理は日本の中華と味が似ていて、うれしい。

　ホテルでは特別なもてなしを受け、バスであった青年とは、ダンスの大会に誘われる。チークというか社交ダンスだろう。若い美人女性と、照れながら踊った。

　オメイを後にして、チョンドウへとバスで向かう。

　人民元がだんだん強くなっていく。

太陽の帝国

2017. 5. 29

　ハワイには水の中に鳥が卵を産み、それが人になったという伝説があるようだ。彼は、アダムでイヴと一緒になる。

　つまり、エデンの園が太平洋一帯に広がっていたというわけである。それは、3万6千年前の母なる大陸ラ・ムーのことである。

　母なる太陽の帝国は、地殻変動によって海の底に1万2千年前に沈み、かえらなくなってしまう。

　エデンの園がなくなるわけだ。このことがナーカル碑文に書かれている。それはサンスクリット文字よりもかなり

以前のもので、リグ・ヴェーダーの記述とも一致するという。

　例のナポレオンのエジプト遠征で、ロゼッタ・ストーンを発見し、シャンポリオンがその解読をしたという。「オシリスの教えをエジプトのサイスに伝えたトトが、アトランティスのクロノス王の王女と恋に落ちたことが、マヤのムー女王の兄の怒りに触れ、アトランティス経由でエジプトに赴きトトに教えを乞うたこと」が、フェニキアの象形文字で、アトランティスをクロノスの碑文に刻まれていた。シュリーマンが解読したという。

　失われたムー大陸

　ジェームズ・チャーチワード

　小泉源太郎　訳

　大陸文庫

　ナーカル粘土板は、古代ナガ人によって使われ、ビルマそしてインドへと持ち込まれた。ムー大陸のことを記述したとされる。ムー大陸は、人類誕生神話の舞台で、アダムがいて、イヴがいて、エデンの園があったわけである。

　遥か3万6千年も昔のことであって、ムー大陸はアトランティス大陸と同時に、地殻変動により沈んだとされる。

　太陽の帝国といわれるように、燦々と光が輝いていたのだろう。

鳥とか蛇が、神話に登場するのは、絵文字との関係が深い。

オシリス神話、エジプト神話による。

レムリア大陸には、キツネザルが生息していた。ムー大陸の一部だともいわれる。

オリオン

　　　　　　　　　　　　　　　　　　　2017. 6. 1

　昔からオリオンは、我々を誘惑してきた。いつも天空に輝き、私たちの関心の中にあった。

　私は、科学館にオリオン星団は何色ですか、と聞いた。

思ったとおりピンク色に輝いているというのだ。
　なんか、ドキドキするピンクの夢を与えられたみたいに、オリオンの扇をひらく、ぽんこつのロケットみたいなものでもいい。そこで考えたのがオリオンの母星が、地球に飛んでくるということだ。これは、シャンバラでも目撃されている。ティアラの母船が進の所へやってくる。
　進は、オリオンへ行く母星だとなんとなくわかる。
　ミュータントだったクルーたちは、無言のまま、ため息の中をオリオンへ進む。
　— どういう所だろう　—
　オリオンは薄紅色から女性が色づくように、吐息が聴こえるように、染まっていく。
　ピンク色の頬のように染まると、熟れた月がメロンのように輝く。
　オートクチュールで着飾った、エレガントな少女たちがコスメティックに登場する。
　— 女性ばかりだ　—
　女性たちがまとわりついてくる。
　ああ、誘惑の星なんだ！！
　どうすることもできず、拝むしかないのだ。
　ノスタルジックな夢の中で、第一ゲートをくぐる。
　より強い刺激が待っている。
　第二ゲート、その先に何があるのか？

「あなたの中を私、一人にして」

ローリーが呟いた。

黒い真珠のような瞳が輝き、虜にする。

彼女たちのブラックホールは、永久に瞳の中に閉じ込めてしまうくらいの強い力を持ち、何の抵抗もできなくなってしまう。

その瞳に映ったものだけが、真実でブリリマンカットされたダイヤモンドのように輝いている。

　— 誘惑の中で、イエローな砂漠が続いている —

ローリーとティアラが海面で戯れている。

イソギンチャクやヒトデが交わるように、重なりながら戯れている。

進は、ウオッカを飲みながら泥酔していく。もやもやの中で深い感覚に落ち、恋をする。

メチャクチャになって、オリオン時間のはざまの中で、へとへとになる。

女性への肉体の奉仕のみがすべてと思えて、また、ずたずたになっていく。

空間の中で、魔法をかけられたようにその、虜になっていく。

オリオンはオシリスのことであり、モーゼのピラミッドに投影されている。

ヌンの中で

2017. 6. 1

　世界は天も地もなく、ヌンといわれる水に覆われていた。

　ラアは、東の空に生まれ、老人となり、冥界の旅を行く。

　アトリムは、ヌンの海の中でベンベンの丘をつくり、ヘリオポリスの神殿が建っていった。

　シュラ・テフヌトがゲブ・ヌウトを産み、その二人がオシリス、イシス、セツ、ネフテュスの両親となる。

　人間は、神の涙（レミイト）からでき、ナイルへと広がった。トトは恋愛の神であり、イビスという鳥の姿であらわれた。

　オシリスは冥界の神であり、その妻がイシス、息子がホルス。イシスとセツは仲が悪く、喧嘩していて、ホルスとセツの裁判の出来事は、トトにより記録された。

　エジプト一族の所で、トトは、セツの肩を抱き、ホルスの精液アトンがセツの頭から出るようにして、ホルスが正しいとした。

　イシスの息子、ホルスは、オシリスの権限をもらうことになる。

　ユーフラテス川が流れ、エジプトはその昔、ナイルの下にあったようだ。

　ギルガメシュは、大洪水の様子を語り、箱舟はアララト

山にあるとした。

「古代エジプト　　　笈川博之　講談社　2014年9月10日」
「ギルガメシュ叙事詩　　矢島文夫　ちくま文庫」

　アプスーで主エアに船をつくれと言い、7日間かけて造り、ニシルの山に船は助かり、ギルガメシュは、ウルクの城を築いた。
「チベットの死者の書　　おおまえまさのり　講談社」
「世界の歴史　　　　　　貝塚茂樹　中央公論社」
「超古代文明と神々の謎　古代文明研究会　にちぶん文庫」
「アトランティス大陸の謎　金子史朗　講談社」
「偶然の大発見　　夢文庫」
「失われた古代文明　　リチャード・ムーニィ　角川文庫」
「失われたムー大陸　　ジェームズ・チャーチワード　大陸文庫」
「日本の原像　　梅原　猛　中央公論社」
「太古火の謎　　アンドルー・トマス　中桐雅夫訳　角川文庫」
「死者の書　　丹波哲郎　中央アート出版」
「エジプト神話集成　　杉　勇　ちくま文庫　2016.9.10」P 132

「それからトトはそれに言った。」
「彼の頭のてっぺんから出てこい！」
　そこでそれは、セトの頭上の金の太陽円盤の形をして出てきた。
　セトは実に大いに怒り狂って金の太陽円盤を掴もうとして手を差し出した。
　しかし、トトは彼を取り去って、彼自身の頭上の王冠としてそれを置いた。
　その時、九柱の神々は言った。
「ホルスは正しく、セトはまちがっている！」

（セトがホルスを夜ベッドに呼んで、セックスをした時、ホルスの精液をレタスにかける。）
　P 225
「神は、人間の望みに応じて天地を創造され、水に沈む怪物を追い払われた。彼らの鼻孔に生命の息吹きをつくり給うた。神の体より現われた人間はその似姿なのだ。神は彼らの望みに応じて天に昇り給い、彼らのために、その食物として草木、獣、鳥、魚をつくり給うた。」
　聖書の創世紀に似ている。トトは、セトをとりもつために、イシスやホルスにはからう。大王、オシリスのはからいであるのか、ホルスは、オシリスの地位につくことになる。

洪水伝説がありその後、エジプトがナイルと共に、でき上がっていったのではないか？　ピラミッドをつくって豊かにしようということも言われている。
「歴史　ヘロドトス　　松平千秋訳　岩波文庫」
　P 120
「塩と丘と水とがあり、その周辺にはアトランティスという種族が住む。
　この塩の丘に接してアトラスという山がある。ここの住民の名は、アトランティス人と呼ばれて、この台地帯は、ヘラクレスの柱すなわちその外にまで及ぶ」
　P 118
　塩の台地が
「東は、エジプトのデバイから西はヘラクレスの柱まで延々として連なっている。」
　プラトンの弟子アリストテレスは、アトランティスについて、疑問に思っていた。
　シュタイナーやブラバッキーは、公然と決めた。
　ソクラテスは偶数と奇数に疑問を持つ。
　ガウスは絶対数というものを無限の中で完成し、カントールは、集合というもので全体をまとめ、「無限」をつくろうとした。
「無限と連続　遠山　啓　岩波新書」連続という中で代数の完成がなされたが、数列などで取り上げられた。

円周率は無限の中にあって幾何学の中で、$\sin\theta$、$\cos\theta$、によって完成されようとしたが、疑問を投げかけている。

　　エジプト死者の書　　　ウォリスバッジ　今村光一訳
たま出版

　オシリスが死後、冥界へ行って出来事を伝える。
「霊界が天と地と下界（死者の国）の三つの世界に大別される」
「天にも地にも幾つかの違った国または街というべき所がある。つまり天には幾つかの違った神の国などがあり、地にも幾つかの違った土地があるわけだ」
　P 45

雑感
　　　　　　　　　　　　　　　　　　　　2017．6．17
　昔、小学生の頃から生涯学習ということを思っている。
　昨日、母と話をしていた。82歳の母は、「何もすることがなくなったら、また、ゼロから始めよか」といったら、
「だから、生涯学習というのよ」といった。
　私はなるほどと思った。一生、短いようで長い、何かをやっていても、途中で、これもこれも、終わってしまった

ということがある。そういう時は、ゼロに戻ればいいわけである。
　もう一度、新しく学び直すということだ。一生のうちにこのことは何回あってもいい、また、初心に戻ってスタートするのだ。
　私は絵を画いている。
　小さい時、デッサンを止めろと父からいわれた。それから筆のタッチを気にして絵を画いてきた。
　色彩に関しては、ファッションとかでコーディネートしていたから、何となくこの色とこの色が合うということがわかった。
　中学の頃、ピカソやゴッホの絵に影響を受ける。大胆に絵を画くことを繰り返す。
　近年、たくさんの筆を執り、いろいろな線を画くようになった。
　美人画に興味を持ち、目、鼻、口元をうまく画きたいと思っている。のんびりした田園の風景画も描きたいと思う日々である。
　何かを生み出すということは、好奇心である。
　時間が流れている。
　その中で、ただ見ている。
　そのうちに気づき、学ぶ。これはこうなっているんだ。そのうち、こういうものがないとか、こうできたらと思う。

得意なことができると、次第に何らかの形になるなと思う。
　たとえば、料理を食べていて、美味しいと思い、同じような料理を造りたいと思う。
　その時に、生み出すという発想が生まれる。
　この世界にあるもの、ないもの、いろいろあって宇宙をみんなで創っているんだ。
　今、こうしている行為も、宇宙の場面の一部を創っている。
　それをアカシック・レコードと呼んでもいいが、現在の社会は、マンネリだな。
　新しい未来を造るかという発想が生まれる。
　未来ビジョン
　理想社会を造るという意味では、宮沢賢治のイーハトーブや数々のユートピア論が元になっている。
　アンドロイドのボーカル、ミクチャンやその世界、富田勲のスペースファンタジー、みんな、理想社会を目指して創造された。

美人画

　　　　　　　　　　　　　　　　　　2017. 7. 13
　上野の森美術館でダンシングクイーンが入選する。それ

で、ふれあいアートステーションで審査員特別賞をいただく。

　最近、美人画とかをよく画く、美人画は歌麿以来つづいている。ルノワールの白の使い方が好きだ。光沢があって、ふくよかな女性像を画いている。

　ボッティチェリのヴィーナス、ギュスターヴ・モローの美人画、テオドールの「海からあがるヴィーナス」女性の裸体に、美を求めてたくさんの画家が描いた。

　私も女友だち、湖畔の女性と40号の作品を画いた。あと、海辺の女性なども画いた。

　女性が、まるみをおびる所、くびれる所、膨らんだ所など、男性から見ると、素晴らしいものがある。

　アートオリンピアは、シャガールの世界、超次元と自分では力作のつもりだった。

　絵とか写真には背景が大事だと先生方がいっている。デッサン、構図、色彩、光と影、水の流れ、風景、こういったものを完成させていかなくてはいけない。

　坂口竜太先生にアートレターの方をお願いしてある。

　美人画は、いつの時代も楽しめる。女性が美しいからだ。

パキスタン

2017. 7. 16

　カシュガルからパミール高原を越えて、ススト を過ぎるとパキスタンになる。

　パミール高原は、6000メートル級の山が聳える。

　パキスタンのアーメダバードへ行くと、色とりどりのサリーがある。

　パキスタンには、ハラッパー、モヘンジョダロの遺跡がある。

　ハラッパーは、BC1500といわれるが、円形のサークル状の集会場のような所がある。大理石のチェスまで出て、人形や装飾品が出土している。

　モヘンジョダロは、畑の中にあり、用水や排水工事がされており、しっかりした基礎工事がなされている。

　インドとパキスタンは、同じインドだったので仏教の聖地は、ここにあるという。

　スンニ派とシーア派が争っていて、内戦が起きる。

　カラチは南端で、アラビア海に面している。海は茶褐色に濁っていて、ゾウガメが卵を産む。

　海岸にはラクダがいて、客相手にビジネスをしている。

　アラビア海は、聖なる海でモスリムの信仰がある。

世界

2017. 7. 16

　今から４万８千年前、太平洋にはムー大陸が、イースター島からハワイ島あたりに存在した。それは、ナーカル文字で記されている。ムー大陸は、１万２千年前に沈んだとされる。

　それは、アトランティス大陸と同時期で地殻変動によるものだそうだ。

　大陸は、海の底に何度も沈んだ。これはエジプトの神官の言葉でもある。

　太陽の帝国ムー大陸は、南の島で燦々と輝く太陽の下、エデンの園を造っていた。

　しかし、大陸が沈むことにより、エデンの園が消えてしまうのだ。

　ここにはノアの洪水伝説も加わるのだが、ギルガメシュ叙事詩によるとアララト山に箱舟は辿り着いたという。

　どちらにしろ、アダムやイヴはエジプトの地へ逃れた。または、メソポタミアの地へ。

　シュメール人、エジプト人、アムル人などになった。

　ムー大陸のことはジャマイカやインドに伝わったということだが、インドのウバンシャドよりも古いことは確かだそうだ。

　そして、奥ヒマラヤには、シャンバラがあった。崑崙山

脈の中に謎の地底都市があった。仏教王国であったかもしれない。宇宙との交信もあって、オリオンへ行く飛行機も目撃されたとか、エジプトのピラミッドも同様、オリオン星への信仰がある。

　オシリス神にしても、オリオンとの交流がうわさされている。

　冥途のことも言及され、オシリスは、あの世で甦った。

　つまり、神が生きかえったのである。それゆえ、エジプトでは王が甦るとされた。

　地球から宇宙へ飛行した宇宙人たちは、ウンモ星人として、地球へやってきた。

　エジプトのピラミッドやナスカの地上絵を地図代わりにした。

　日本にも富士山を目じるしに現われた。東京にも、大阪にも、名古屋にもUFOがきた。コンタクティーは、日本の各地にいる。

　高知にいるおくさんは、UFOに乗った記憶があって、その時の絵を画いている。

　以前、自衛隊の飛行機がUFOに遭遇したという記事が新聞に載ったことがある。アメリカでも中尉がUFOと交戦した記録がある。

　モーゼは、出エジプトの時に聖書をまとめた。

　その時、神は、宇宙神であった。人間の歴史は、アフリカ

を中心とするイヴ仮説。

　一人のイヴという女性がいて、そこから人間の歴史が始まった。

　アウストラロピテクスにしろ、もっと古い時代にしろ、人類は存在した。もっと古い時代、ジュラ紀や白亜紀には、恐竜だったかもしれない。人間は、恐竜のような、どでかいものであったかもしれない。

　46億年前、150億年前は、ビッグバン宇宙ができあがった。

　宇宙は、最初から存在していた。

　ドップラー効果。

　電波望遠鏡でのぞくことのできる限界がある。それを宇宙の果てという。

　宇宙の果ては、ものすごい速度で、遠ざかっているという。

　観測するよりも早く別の世界へ行ってしまうというのだ。

古里Ⅰ

　　　　　　　　　　　　　　　2017. 7. 17
「秋の日のヴィオロンのためいきのひたぶるを」ヴェルレェヌ

「山のあなたの空遠く〈幸い〉住むと人のいふ」ブッセ
福潮号　上田　敏　新潮文庫

　山の彼方にしあわせがあるという。しかし、チルチルミチルの大冒険のようだ。そこには何もなく、古里に幸せがある。
「古里は　遠くにありて思うもの」だが、古里は頭の中にあり、母親、父親である。
　自分の生まれ育ったところに、おいたちがあり、ふるさとがある。

古里 II

ふるさとには　里山があった。
ふるさとには　小川があった。
ザリガニがいて　メダカがいた。
野原や山をとびはねて
かくれがをつくった。
コウモリが飛び
日暮れに　母が手をふった。
父は　いそがしく帰ると、
ぶぜんとしていた。

近所の友だちが　ヒロッチといって
可愛がってくれた。
おじさん　おばさんがいた。

国破れて　山河あり
城　春にして草木深し

　関ヶ原の戦いで石田三成は、家康に敗れる。その前に、本能寺の変で、織田信長はいなくなる。
　秀吉は、金銀を集め関白となり、家康は、徳川幕府を江戸に築いた。
「つわものどもが　夢のあと」
　すべては、時とともに去り、平和な生活がつづいている。
　みわたせば、畑にきゅうりやトマトがなっている。

人生

君は　君たるや
我は　我にして　見失わず
いざ　いかん
この長い　道程へ
いかに生き　満足するか

これを得て　これを得ず
損も得もあり
人生　生きて　なんぼや
これをもって　生きた証とし
前向きにやる
君は　君たるに　それをやる
我は　我の為に　これをやる
いずくんぞ
これ　夢まぼろしとて
生きてるうちは　うつつなり
生きてるうちは　花なり
花として咲き　もえる
一生　花のごとし
一生　夢のごとし
自然のふところに生きて
精一杯　かけまわった
思い出をもちて
その花を飾ろう
人生　夢うつつなり

古里Ⅲ

          2017. 7. 21

今、思わんとすることを　なしたるや
何をなして　何を得るか
いずくんぞ　何を欲し　何をせん
いわんや　ことをなして　あらむ
ことたるを得て　そうじて
たっとびけり
これをぎょうして　いわんや　ほっす
なすに足り　なさざるになし
一生　はげみ　自分をみがく
健康にして　中味をつくる
一個の人間として　みがく
自分が光るように　みがく
今することを　ひたすらやれば
いわんや　光るに足ると

古里Ⅳ

古里には　小さな小川があり
山がある　山には　ほら穴があり
かくれががあった

子どもの頃　野山をかけまわって
ザリガニをつかまえた
花火を打ち上げて　盆おどりをした
もちをくらいて　市場で　くしかつを食べる
桜まつりの日には　満開の桜をながめて
どてでどてを食ったものや
花よりだんご　というものの　きれいな
女性たちが　あつまって
だんごを食べていた

アンコール・ワット

　　　　　　　　　　　　　　　　2017. 7. 24

　カンボジアのアンコール・ワットは、壮大だ。シュリー・バルマン３世が建てたといわれるが、国王は、国民のことをよく理解し、仏教、ヒンドゥー教を伝えた。
　アンコール・トムも立派な遺跡である。巨石で顔面をつくって積み重ねてある。
　アンコール・ワットの朝は、神秘的だった。
　青いオーロラがかかり、そのあとにオレンジの朝陽がさした。
　アンコール・ワットでは、花嫁の嫁入りか、儀式をやっていた。

画家が寺院を画いていたので彼と交渉した。少し高かったが、彼の色彩はまあまあだと思った。ベトナムとの戦争も終わり、オートバイや自動車が走り、これから急成長するぞという感じの町だ。
　カンボジア料理は、京料理のように、ユズかレモンかなんかが効いていて、奥ゆかしい感じだ。
　ラーマ王の物語がケチャクダンスかなんかで、踊っている。
　若い女性と男性の恋の物語だろうか？
　男性が惹かれあいながら踊っている。
　タイのバンコク経由だからアジアだという感じがする。アンコール・ワットのように石を彫刻してある遺跡はまだある。仏様か神様のようだ。

サイパン

　サイパンは日本から見ると、ユートピアというか、南の楽園である。
　磁場が高く、エネルギーに満ちている。
　この国で走るとスタミナがあり、日本よりずいぶん楽だ。
　海は、コーラのように青黒く、海やロングビーチのある

青い砂浜もある。

　朝、海はゴールドに輝き雑多な民族がいて、ミクロネシア領である。

　真珠湾の時の報復を受けて、サイパンは多大な被害の跡が残っている。

　日本人の多い日本人食堂が何軒かあって、涙するのは思い出のサイパンといったところか？

　ゴルフ場やルアーができて海に出ることも簡単だ。ビーチは透明で白い砂がきれいに敷き詰められている。

　エスニック料理やステーキ料理があり、オリエンタルな感じだ。

　島の真ん中には、大きな山があり、そこからの眺めは抜群だ。青い海を四方に見渡すことができる。

シルクロード

　喜多郎のシルクロードを聞いていると、我眉山（オメイ）から、楽山の石仏を見て、金頂へ登る。

　雲の上4000メートルを超える頂の上から、孫悟空がお釈迦様の手の上から逃れることができない程の広い世界を見た。

　バスで成都（チェンドゥ）へ行き、成都から軟座でトル

ファンまで2日かかって行く。

　トルファンのバス乗り場につき、砂漠の中のオアシスに行く。日干しレンガでつくった建物と水があるため、緑の木々が繁っている。ロバ車の少年が昔の旧跡に連れて行ってくれる。かなり昔の建物が風化して劣化している。

　トルファンからウルムチ、ウルムチでシシカバブを食べ天池（テンチ）へ行く。

　天池は、翡翠色の湖で青緑色に輝いている。

　カヤック民族が馬に乗ってパオで放牧している。

　パオに泊まると天の川が見える。年頃の娘が妹だという。

　バター茶を飲んでシシカバブを食べる。

　馬に乗り、山野を巡り、川を渡る。

　ラクダの隊商を画いている画家と知り合う。私も鳥の絵を画いた。

　カシュガルへ行き、中国からパキスタンへとパミール高原を越える。

　パミール高原は6000、7000メートルの山々が聳える。K2も見えるススト を越えて、トランジットビザを取る。

　インドを目指すが、アーメダバードで、シルクの服を買い馬車に乗る。夜はコーランの笛の音がして、厳粛な祈りがされている。

　ハラッパーで大理石のチェスを見て、円形の集会場を見

る。

　人形やアクセサリーなども出土している。

　インダス川に沿ってモヘンジョダロまでくると、潅漑工事がされており、BC1500年、インダス文明を見る。

　南端のカラチまで列車で行き、ゾウガメの産卵を見る。

　ラクダに乗って海を見る。アラビア海の揚げた魚をほおばり、数日過ごす。

　タクシーの運転手に頼んでインドのポンペイへの切符を買ってもらう。

　ポンペイでは、カシミアのカーペットを10枚買う。50万円使う。

　アジャンターの石窟に古い仏様を見て、洞窟みたいなところに描かれている。エローラの遺跡では、金色に輝く仏様を千以上見る。ありがたい感じだ。

　サーンチーは、ブッダの墓だとされるが、俗にいうストゥーパの大きい円形状のやつである。

　カジュラホは、ヒンドゥー教の寺院が建ち並ぶ。

　田園の中にあってガネーシャや神々が祀られている。その後、イスラム教の寺院を見る。白い大きな寺院は、タージ・マハル。

　ガンジス川にのぞみ、メッカが西の方向に見えるという。

　中国のカシュガルでは、バザールといって市場が開かれ

ていて、シルクカーペットや床屋までやっていた。牛やロバがいる。

2017．7．25

　ルーヴル美術館にはモナリザの微笑がある。レオナルド・ダ・ヴィンチの作品である。たくさんの観光客が集まり、この作品を見ている。

　パリにはセーヌ川、オペラ座とあるが、中でも輝くのはエッフェル塔である。

　昼でも目立つが、夜はオレンジ色にライトアップされて夜空に浮かび上がる。

　セーヌ川にもライトアップされて、レストランバーがやっている。

　パリの町はユトリロが描いたような感じだ。

　ドイツには、大きな教会がたくさんある、ケルン大聖堂などもそうだ。

　スイスには美しいアルプスの山並みがある。

ドバイ

　ドバイは、スエズ運河のあるアラビアにあって、ター

シャ・ヤリファというどでかい塔が聳え立つ。あちこちでインド人だといわれるが、ターバンを巻いた職人たちが建物を建てている。

　町はハイウェイがあって、ショッピングモールもある。

　海岸ではみんなが泳ぎ、水遊びをしている。

　タクシーで半日観光すると大体この町がわかる。

　ドバイはバリアフリーの町で地下鉄で行くこともできる。但し、休日もあって、運休していることもある。

　近代的な建物が並びライバルたちが生活している。

　ダイヤモンドなども並んでいるが、いいものを選ぶ必要がある。

　バスは水上を走るようだがあまりわからない。

　運河では、荷物をあげたり、降ろしたりする人夫がいて、アラビア人だろうか？

　そういういでたちである。

　アブダビに列車は繋がっていて、砂漠があり、油田がある。あまり入り込むと危険だ。

フィリピン

2017．7．25

　飛行機で８時間ぐらいのところにフィリピンがある。

　リトル・マニラ

マニラ湾に面した美しい町だ。南国のパパイヤ、マンゴーなどがなっていて、市内には教会がいくつもある。ロバや馬が走り、アジア人の中でも美女、美男子の多いフィリピン。

　ランドクルーザーで、タガイタイまで行く。バンブーダンスをやっていて、パイナップルのお菓子のようなものを食べる。

　タガイタイは、湖の向こうに火山があって綺麗な所だ。モデルの美人女性が写真を撮っている。私も彼女と一緒に撮ってもらったが、フィルムはどこかへ行ってしまった。

　マニラ湾は、パープルで洗剤の匂いがする。

　ダイヤモンドホテルに泊まるが、日本食のコーナーには、ベトナムの女性がいる。

　ジャズを演奏していてバンドにサインをもらう。台湾から来たという。

　市内は白いイメージがあって、なんとなく開放的でいい感じだ。美人女性が多いことが一番気分を良くするのだろうか？

　セブ島は、ギャンブルがあって、ウインドサーフィン、ダイビングといろいろだ。フルーツをたくさん売っている。

インドネシア

　インドネシアのバリ島へ行く。
　南半球に近く、空に竜のようなものが見える。ゴロゴロなっている。
　寺院でケチャック、ダンスを見たが、ラーマ王物語で、やはり、龍のようなものが夜空をうねる。
　太平洋のインド洋の中をフィッシングする。
　波は高く、四方八方に割れる。ホテルはどうやらエマニュエル夫人のロケ現場である。
　ロングビーチが続いていてホテルの庭も美しい。バーベキューが行われていて、エビやら魚が一杯だ。砂浜は白く美しい。

京都

　京都の金閣寺はバリアフリーになっていて、車で３時間で行ける。
　北山から金閣寺があって優美だ。
　清水寺もバリアフリーだ。清水の舞台は高く、下を見ると怖い。
　近くに、漬け物の店があって美味しい。京都の懐石料理

は、色々数があって美味しい。

　京都タワーや祇園がある。祇園には舞妓さんがいるが車イスでは入れない。

　何となく岐阜によく似た街並みだと思う。掛け軸を買いに行くが、岐阜から仕入れているという。

岐阜

　岐阜は濃尾平野の奥にあり、金華山が建っている。

　斎藤道三が建てたといわれ、織田信長が婿になってしばらくいた。

　西に関ヶ原があり、1600年の戦いは有名である。

　金神社、稲葉神社とあり、南宮神社がある。柳ケ瀬があり、碁盤の目のように町がなっている。

　北には郡上踊りの郡山、白鳥、白山、その向こうに高山がある。高山の町には色々な物が溢れ、朝市もある。

　また、東は瀬戸や多治見など陶器が有名で、関は美濃和紙や刃が有名である。名古屋、犬山に近く、ＪＲ、名鉄が走っている。

　岐阜の長良川では、鵜飼が行われていて、鮎釣りが盛んである。

　近年、鮎が減っているが、鵜飼は松尾芭蕉も見て俳句を

つくった程で、風流である。

岐阜城、大垣城などがあり、美術館、科学館、博物館などがある。中仙道の宿場町で馬籠、妻籠、可納などがある。

エビフライ、ミソカツが美味しく、くしカツ、土手なども駅前で食べられる。

古里V

2017. 7. 26

古里は、遠くにありて思うもの、昔、そういわれた。

今、古里の近くに住んでいて母親が82歳になる。父は他界してずいぶん経つ。幼い頃から父、母、近所の人たちにお世話になって大きくなった。

いちごやサトウキビやさつまいもがなっていて、畑が広がっている。少し離れたところに小川や小さな山がある。

野山で遊んだ幼少期、少し勉強した中学、高校。岐阜の高校へと進む。ずいぶん、ずうずうしい、うるさいやつらがいた。可愛い女の子もいたけど、まあまあ古里にはなじみの深い所がたくさんある。

ドライブしていても懐かしいというか、落ち着く。

古里には桜が咲き、春には真新しい制服で学生が登校する。

古里には犬がいて、犬と遊んだ思い出がある。

母がいつも心配してくれて助けてくれた。料理を作り、洗濯をして、掃除をした母の姿がある。
　飲みにアーケード街へ行った青春時代もある。
　古里には、いろいろな思い出があって、近くにいるとほっとする。

病院生活について

2017. 8. 1

　背骨を折った関係上、その治療と足が痛くて入院経験は何度もある。
　入院中は肩書きはいらない。
　余計なことをいうと、きらわれものになる。
　病気を治すことが先決で、その話題が一番である。毎日、体調を管理してもらっているわけだから、普通は治っていくわけである。しかし、脊椎損傷という背骨の完全麻痺は、元に戻ることが少ないのである。
　たいてい、一生、再び歩くことができない。つまり、車イスの生活を送るわけだ。
　心の準備はまるでない。足を折った時のように、また、歩けるものと信じている。
　その葛藤は大きい、5年、10年続く。中枢神経の完全麻痺ということで、足が痛いというのは、いろいろな原因が

考えられて、心因性の場合、記憶の場合、幻覚痛の場合など、本来は、痛みがあるのは、どこか脳みそかなんかで痛みを記憶しているような感じだという。

こういった幻視痛は結構多い。本人も原因がわからず悩むわけである。ケタミンやイソジンなどの薬や手術もした。

私は、名古屋大学の医学部で眠たくない睡眠薬、一日に二、三度飲んでもいいものを出してもらった。眠っている時、痛くないからである。

研修医のドクターが、わかってくれて薬を出してくれたら、少し痛みが和らいだ。意識は少しうつろだったが、眠りもしないし、害はなかった。

そして退院した。

病院の中は、バリアフリーだし、ナースコールがあるので生活は便利だ。

だが、55歳をまわって腎臓を悪くして、減塩食になった。このことは今でも課題で、ラーメンなどが食べたいのをこらえている。CRPの数値はよくなったが、まだ経過治療中である。

心臓も動脈が細くなっていて、ステンレスの金属をカテーテルのバイパス手術で受けた。どうも50代になって病気をするのは、新陳代謝が行われなくなったせいだ。そんな乱れた生活をしていないが、立て続けに検査でひっか

かった。これからは食事療法や運動で管理していくしかない、これが課題だ。

　生活ができる状態に戻ると退院ということになる。だいたいは、家で生活できると認められる場合である。

　ベッドの上では点滴を見ていることが多い。ひまだからそのことが気になって、あとは不自由な体をどうするか考えている。

　食事は減塩食だが、それでもありがたい。食べることとか飲むことは、やっぱり人間は好きなわけだ。

　職業は、経理の仕事だったが、車イスになってから、やっぱり営業ができないということで、うまくいかなかった。

　自分では営業課長ぐらいになって、世界でビジネスをしたかったが、ダメだった。

　今は、絵とか、文を書いている。それも、好きなことだから幸いである。

来世について

　若い頃から宗教に興味があった。最初はキリスト教の神父の息子と大喧嘩をした。幼稚園の時である。

　学生時代、ビリー・グラハムの折伏を受けて教会へ通い、何度も信者になろうか考えた。

仏教についても、小学生の時に、学会での話を聞いていた。祖父母の死のことで、浄土真宗との出会いもあった。

　20歳の頃、東京で丹波哲郎さんの来世研究会にひかれ会員になる。その後、神智学協会のマドラス会員ともなる。

　来世を信じるのは、世の中、不思議なことが多いのと、輪廻という思想を信じているからだ。

　生まれ変わる。

　一度の人生では完成しないわけで、何度も人生をやって完成していく。だから、今回の生で失敗もあるし、成功もある。いいところは伸ばして、悪いところは改める。善因善果、悪因悪果のカルマの法則というものもあるので、それを良くしなければならない。これについては、エドガー・ケイシーがいっている。

　どちらみち、今回の生でできなかったことを来世の課題としたい。

　あまり、理科系のことは学ばなかった。今回お世話になったので、医療関係の仕事に来世はつこうと思っている。

　あと、ツアーコンダクターなどもやりたいと思っている。

仏教について

　ブッダは、生老病死からどう楽になるかを考えた。その原因と、そこからニルヴァーナへ行く方法。

　生きているうちは、生老病死の悩みはつきものである。楽しみもあるが、年をとると、だんだん大変になってくる。

　バラモン教の初期にどうやら輪廻の思想はあったようだ。

　ヒンドゥー教でも神様は生まれ変わることになる。

　仏教はそうした背景から輪廻思想を持っている。天上界、地獄界、餓鬼界、阿修羅界、人間界、動物界の六界を巡ることになるが、ブッダは、その輪廻のサイクルから永遠に逃れようとした。つまり、二度と輪廻しなくてもよい世界、ニルヴァーナ（浄土、天国）のような所へ行くことを考えた。

　ただ考えたわけじゃない。法、行によって悟りを得ようとした。

　仏法では、座すということが大事で正座にしろ、座禅にしろ、このことで気を高めて、迷いをなくすということだ。

　丹田にあるクンダリーニというものが登ってくると悟るといわれるが、その前にチャクラが開き、特殊な能力が身につく、アジーナ・チャクラ、サハスラーラ・チャクラなどがある。

色んな話を聞くと、宇宙と一体となることで、梵我一如、色即是空、空即是色ということだ。

　根源的な悟りは、ヨガの方法でも同じで、いきなりやってくるようだ。

　ブッダは、涅槃経なども説いているので、むつかしいところだと思う。

神について

　太陽信仰というものが古くからある。神道でも、日、月、地は神である。

　もっと大きくいえば、大きいものは神だということで、宇宙や山、川、海などはそれになる。それを祀っているのが神社、仏閣である。

　仏教は少し違うが、仏は神と同じようなもの、ここでいう神とは擬人化した神のことである。だが、もっと大きな自然、そのものを神として崇めていた。

　これは、シャーマニズムといわれるが、エジプトや古代ムー、アトランティスの時代から太陽信仰だった。

　つまり、光というものが世界を支えている。救ってくれると信じていたのである。光一元論。

　神に祈れば、災害から身を守り、五穀豊穣、食べ物にも

困らない。

　特に蛇とか、狼を祀ったのは、人間が怖れているものが人間を禍いから救ってくれるという信仰があったからだ。

　エジプトのオシリス神などは、黄泉の国で甦っているから、その時から生まれ変わりの思想がある。冥界は夜の世界とも関係しているが、厳かなものである。

　神というのは、怖れに対して、守ってくれるようなものだったかもしれない。しかし、天罰などもあって、厳しいものである。正しいか正しくないかということよりも、天というのは思いがけない災難とかがあって、非情だと思う。

　正しいものが正しく生きられるわけでもないし、正しくないものが生き残ったりする。

　神というのは、善悪を越えて存在するというか、善悪を裁くのは、閻魔大王だといわれるが、わからない。

　神は、絶対だとも言われ、人間的な物事のありかたとは違う風に存在しているのかもしれない。

　しかし、祈りは神に届くと人間は、ずっと思ってきた。

　神の裁きとは別に、人間は、神に頼るしかない場合があって、そうしないと心が落ち着かない。

　信じるものがあって人間、生きていける。信じるものがないといっている人は、以外と金銭を信じていたりする。

　しかし、死ぬとき持ってゆけるものではないし、別の世

界では通用しないのだろう。

　信じるもの、自分を信じる。

　藁にもすがれば、救われる。なんかの時は、とんでもないことで救われたりする。

　しかし、正しく生きていれば、ある意味正しく生きられて、悪い目に遭うことが少ないだろう。

　私も道徳的に正しく生きて、健康に気をつかいたい。

歴史と人間

　歴史というのは事象が起こる前、起こった後の出来事の積み重ねである。

　人間が存在していたかとは別に、人間が存在する空間というか、宇宙があったかどうかの話になる。

　時間と空間、空間というものは必ず存在するが、時間というものは、あやふやなものである。

　計測していれば、確かに過ぎていく、現実に言えば、100ｍ9秒6という。

　但し、時計は動いているが、問題なのは、走っている距離だ。

　人より、より遠い地点まで走っている。そのこと自体は、たとえば、数を数えても差がつくことである。それを時間

と呼んでいるが、実態はつかまえられないだろう。カメラの中か記憶の中に残るだけで、時間というものはあるといえばあるし、ないといえばない。

　歴史の中で時代が動く時、大きな事件が起きる。もしくは、意外な考え方が支配する。

　人間は、歴史という大きな大河の中で、海までいったり、大海のもずくになってしまうこともある。

　人間が歴史を創ることもあるし、歴史の中で生きてく道を選ばなければいけないこともある。

　歴史がなければ何もないということで、息をする間にも、多くの事件が起きていて、多かれ、少なかれ歴史となっていく。

　但し、未来に、歴史は人間との係わりの中で存在するかどうかは、わからない。

地理と人間

　世界には、いろんな地域があり、特色をもっていて、気候や風土がちがう。

　それぞれの場所は、人間と関係しており、歴史的にみると、その係わりは、だんだん変化していく。

　たとえば、海の中から隆起する大地、その逆もある。

そして、天候により風土は変わっていく、長い時代から見れば、氷河期があってしのいだとか、そういうことになる。

　人間は土地を良く知り、そこで活躍してきた。

　生きることに適した土地で生き、ビジネスをしてきた。旅行をしてきた。

　人間は、地理を研究してきた。そして、それを生かすことを考えてきた。

　どこの場所が自分にとって有利か、不利か。

　土地柄によっていろいろな風習が異なり言語も違う。食べるもの、着るものも違う。

　マリンスポーツが盛んな所、登山に向いている所と、色々である。

　地理は人間の努力で、縮まったり開発されたりする。

　宇宙に広がることも、海の底に広がることもある。

　人間の文明、営みと密接に関係しているといえる。

どこへ行くのか？

　人間はどこからやってきて、どこへ行くのか、昔からこの事は、問題になってきた。

　宇宙からやってきて、宇宙へ行ってしまう、そういう学

者もいる。

　生まれる時は、母体からでてくるのであると、死ぬと土となる。

　その時、エネルギー一定の強度から魂なるものが空へ行くことがわかる。その魂そのものは、魂の古里に帰るといわれたのが、丹波哲郎先生だ。生まれてくる前にいた場所、そこへ帰るという。

　私の魂の古里があって、やがてそこへ帰って行くという。

　その考えが妙に私は気に入って信じている。

　人間自体は進化して、どんどん別の存在になっていくというのが、ダ・ヴィンチや神智学の考えである。

　人間は進歩していく、そして、進化する。それは、恐竜の時代から始まったものか、チンパンジーの時代からのものか、わからない。

　猿人と人間が同じ種族だともいえず、別の世界からやってきたのかもしれない。

　宇宙自体が、壮大な実験であると大きなこともいえる。

　しかし、どこからやってきて、また、どこかへ行くのだろう。

　生から死、死を越えて別の何かになるのかもわからない。

　仏教では、それを仏という。

2017．8．2

　今日は、ここまで。
　明日は、あそこだ。
　自分の目標地みたいなものを決めている。
　毎日、毎日が偶然で変化の連続だ。思ってもみない方向に、物事は進む。
　しかし、目標点までもっていかなくてはならない。
　今日はこうしよう、明日はこうしよう、来年はそうなる……
　連続性の中に、偶然と必然があり、その中を歩いていく。
　景色は変わっていくから、どう判断して、どう乗り切るか。
　自分が新しい自分になる。古い自分からだんだん新しい自分になっていく。
　目標に合わせて、自分が変わって行かなくてはいけない。
　限界を超えること。
　自分の中で、到達できないと思っていたところに、いつしか自分をもっていく。
　人生というのは、そういう所がある。
　まさか、自分には、無理だろうと思っていた所に、いつしか自分が来る。

先の事はわからないが、最後に天まで行くとなると、相当なことだ。人生、チャレンジ。

道

2017. 8. 4

人生の道
道を歩いて行くと、何かがある。
こっちかな、ちがうかなあ。
おそるおそる歩いていくと、
いい事があったり、
そういう場合は、その道は間違っていないんです。
そっちの方へ行けばいいんです。
でも、別の何かがやってくると、まよいます。
また道を進むと、いいことがありません。
そういう時は、道を変えた方がいいんです。
何度も、道を変えていると、
この道は、自分にぴったりだと思う道があります。
それが、自分の道なのです。
人生の道なんですね。
その道から、はずれないように努力しないといけません。
また、別の道にいっちゃいますから、
あきらめると、

別の道をさがさなくてはいけません。
いくつも、自分の道があるかどうか、
私は知りません。

森羅万象のさまよい

2017. 8. 10

いろんな出来事や物事がある。
そういったもの、すべてを森羅万象という。
それは、方向性をいえば、
互いに、異なりながらも、
どこかへ向かう
たとえば、ある人がそういったから、
それは真実だ
別の人がそういったから、これが真実だ
私は、そうは思わない
自分を信じているから
それぞれが、異なりながら
道はきまっていく
大きな世界
宇宙を包むような世界は
やはり、神さまの思っているように
なるのだろう

しかし、個々の人間も、いろいろ努力や反省をしており、
かかわっている。
こうして、宇宙は、みんなで創っているのだ。
森羅万象は、すべてのものが関係しあって、
できあがっていくのだ。
それは、光の世界だとすれば、
光の方へ伸びていくのだろう。

リスク

2017. 8. 11

リスクがあることは、
自分にとって、いい場合、悪い場合がある。
あることで、リスクを負う
それによって得をしたり、損をしたり、
じゃー、リスクを負わなかったら、
ある意味で平凡な毎日になる。
だけど、いつかはリスクを負って、
何かをやらなくては、進まない、
たとえ、失敗しても、そこで学ぶ
かなり、損をしても、学ぶ
逆に、得をすると、損をすることがある。
思わぬことで、失敗につながることがある。

リスクは、損にも、得にもなる。

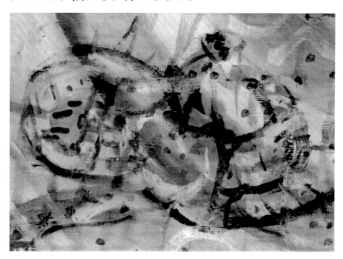

大切なこと

2017. 8. 11

青
白
とうめいな白
ダイヤのしずく
希望
花嫁が来る
赤
黄
オレンジ

幸せの色
理想
夢
はるかな道
人生
幸せ
白
黄
赤
どこまでも青い空
どこまでもつづく大地
そこで生まれ
そこで死ぬ
人生
どう生きても人生
白
黒
青
どの色が好きか
自分で決めること
自分で道を決める

風

                            2017. 8. 12

風はきままだ
今日はこっちへ行く
明日はこっちだ
僕たちは、冒険者だ
ぐるぐる
ぐるぐる
まわる　まわる
右へ行って　左へ行く
つむじ風もある
やわらかい風もある
きもちよく、あなたを包む
そういう時もある。
そうだ
自由な風たちだ
どこにだってゆける
ヴォーン　ヴォーン
風の音がする
よし、準備はできたか
スタンバイ
Ｇｏ！

雪

雪がしんしんとつもる
見る者をまっ白くして
とうめいに光る
新しい雪
雪が食べたい
寒い
雪がさむい
家の中は、あたたかい
ぬくもり
こたつ
あたたかい
雪
雪がつもる
赤、黄、ダイダイ
あかりがともる
心に火がつく
ぬくもり
家族
だんらん
雪に足跡をつく
一つ　二つ　三つ

犬が吠えている

光

まっすぐだ
ひたむきに走る
どこまでも
どこまでも
宇宙の果てから果てへ
飛んでいく
葉っぱのしずくに光る
空一面に広がる
青
青い空
あかね色になって
ひがしずむ
やわらかな光が
あたたかく　こぼれる
朝の光が
元気よく　さしこむ
今日も　がんばるぞ
どこまでも

どこまでも
未来にまで届く
光、光
希望の光

おわりに

ありがとう
おつかれさま
また、明日
毎日が　すぎていく
つかれた体を　いたわって
また、元気よく
頂を　めざして登っていこう
人生、苦あれば楽あり
何事も　ほどほどに
やるときはやる
決める
決めることは大切だ
今日、このことは、過ぎていく
この話が　どこかで　大きくなったり
笑い話になったりして時は流れる

生きてゆこう
明日に向かって
たいせつに生きてゆこう
一歩、一歩
ふりかえった時、古里がある
遠い所まで来たもんだ
そして、古里に帰っていく
おかえり
みなさん
ありがとう
それでは、さようなら

織部　浩道（おりべ　ひろみち）

昭和35年3月18日生、魚座、O型
明治大学大学院博士前期過程終了
税理士会退会
ロイヤルフロンティア、新世紀会代表
現在、文筆、アートなどをしている。

著書に、「森羅万象の真理を求めて」(1987) カヨウ出版、「光の数珠」「2000年の月」文芸社、amazon、「Episode」「航海日誌」「会計学論考」「A twitter」Bookway、他

歴地誌 ―森羅万象の真理―
2018年2月3日発行

著　者　織部浩道
制　作　風詠社
発行所　ブックウェイ
　　　　〒670-0933　姫路市平野町62
　　　　TEL.079(222)5372　FAX.079(223)3523
　　　　http://bookway.jp
印刷所　小野高速印刷株式会社
©Hiromichi Oribe 2018, Printed in Japan.
ISBN978-4-86584-286-9

乱丁本・落丁本は送料小社負担でお取り換えいたします。

本書のコピー、スキャン、デジタル化等の無断複製は著作権法上での例外を除き禁じられています。本書を代行業者等の第三者に依頼してスキャンやデジタル化することは、たとえ個人や家庭内の利用でも一切認められておりません。